창비시선 115

신 경 림 시 집

쓰러진 자의 꿈

창비

차 례

제 1 부

4

제 1 부

길

사람들은 자기들이 길을 만든 줄 알지만
길은 순순히 사람들의 뜻을 좇지는 않는다
사람을 끌고 가다가 문득
벼랑 앞에 세워 낭패시키는가 하면
큰물에 우정 제 허리를 동강내어
사람이 부득이 저를 버리게 만들기도 한다
사람들은 이것이 다 사람이 만든 길이
거꾸로 사람들한테 세상 사는
슬기를 가르치는 거라고 말한다
길이 사람을 밖으로 불러내어
온갖 곳 온갖 사람살이를 구경시키는 것도
세상 사는 이치를 가르치기 위해서라고 말한다
그래서 길의 뜻이 거기 있는 줄로만 알지
길이 사람을 밖에서 안으로 끌고 들어가
스스로를 깊이 들여다보게 한다는 것은 모른다
길이 밖으로가 아니라 안으로 나 있다는 것을
아는 사람에게만 길은 고분고분해서

꽃으로 제 몸을 수놓아 향기를 더하기도 하고
그늘을 드리워 사람들이 땀을 식히게도 한다
그것을 알고 나서야 사람들은 비로소
자기들이 길을 만들었다고 말하지 않는다

裸　木

나무들이 실오라기 하나 걸치지 않고 서서
하늘을 향해 길게 팔을 내뻗고 있다
밤이면 메마른 손끝에 아름다운 별빛을 받아
드러낸 몸통에서 흙 속에 박은 뿌리까지
그것으로 말끔히 씻어내려는 것이겠지
터진 살갗에 새겨진 고달픈 삶이나
뒤틀린 허리에 배인 구질구질한 나날이야
부끄러울 것도 숨길 것도 없어
한밤에 내려 몸을 덮는 눈 따위
흔들어 시원스레 털어 다시 알몸이 되겠지만
알고 있을까 그들 때로 서로 부둥켜안고
온몸을 떨며 깊은 울음을 터뜨릴 때
멀리서 같이 우는 사람이 있다는 것을

냇물을 보며

소녀들이 한떼 새옷을 입고 나들이를 나왔다
재넘이 바람에 재잘대고 깡총대고
감추려 해도 부끄러운 속살 자꾸만 드러나서
벼랑을 뛰어내리기 전엔 엄살도 떨어보는데
달음박질로 도는 바위너설에 햇살이 더 곱다
마을 앞은 게걸음으로 저자는 깨금발로 지날 즘엔
새옷에 때도 묻고 종아리에 얼룩도 지겠지
방죽이 가로막으면 서로 팔을 끼고
어기영차 밀어서 길을 터라 힘은 곱으로 솟고
그때쯤 몸은 더럽혀지고 갈기갈기 찢겨 있겠지만
무슨 상관이랴 지친 다리 끌고라도
저 들판만 지나면 넓고 푸른 바다인 것을
새파란 하늘에 두둥실 구름만 떠 있을 것을
치마를 들추는 바람에 발걸음 크게 허공을 차리

장미와 더불어

땅속에서 풀려난 요정들이
물오른 덩굴을 타고
쏜살같이 하늘로 달려 올라간다
다람쥐처럼 까맣게 올라가
문득 발 밑을 내려다보고는
어지러워 눈을 감았다
이내 다시 뜨면 아
저 황홀한 땅 위의 아름다움

너희들 더 올라가지 않고
대롱대롱 가지 끝에 매달려
꽃이 된들 누가 탓하랴
땅속의 말 하늘 높은 데까지
전하지 못한들 누가 나무라랴
발을 구르며 안달을 하던 별들
새벽이면 한달음에 내려오고
맑은 이슬 속에 스스로를 사위는
긴 입맞춤이 있을 터인데

無 人 島

너는 때로 사람들 땀냄새가 그리운가 보다
밤마다 힘겹게 바다를 헤엄쳐 건너
집집에 별이 달리는 포구로 오는 걸 보면
질척거리는 어시장을 들여다도 보고
떠들썩한 골목을 기웃대는 네 걸음이
절로 가볍고 즐거운 춤이 되는구나
누가 모르겠느냐 세상에 아름다운 게
나무와 꽃과 풀만이 아니라는 걸
악다구니엔 짐짓 눈살을 찌푸리다가
놀이판엔 콧노래로 끼여들 터이지만
보아라 탐조등 불빛에 놀라 돌아서는
네 빈 가슴을 와 채우는 새파란 달빛을
슬퍼하지 말라 어둠이 걷히기 전에 돌아가
안개로 덮어야 하는 네 갇힌 삶을
곳곳에서 부딪치고 막히는 무거운 발길을
깃과 털 속에 새와 짐승을 기르면서
가슴속에 큰 뭍 하나를 묻고 살아가는
너 나의 서럽고 아름다운 무인도여

山　城

재고 날랜 너희들의 춤 속에
나는 끼여들 수가 없다
억센 노래 함께 부를 수도 없다
너희들 입가에 부서지는 붉은 꽃잎들과
발끝에 흩어지는 찬란한 별조각들을
물끄러미 보고만 서 있는 나를 그러나
세상 일 다 잊고 멀찍이 물러선
외로운 산성인 줄만 여기지는 말라
다가와 들여다보라 내 가슴 깊은 곳에서
그 붉은 꽃잎들과 찬란한 별조각들이
밤마다 벌이는 춤판이 보이지 않느냐
내 몸이 온통 기우뚱거릴 만큼
신바람 나는 큰 춤판이 보이지 않느냐

비에 대하여

땅속에 스몄다가 뿌리를 타고 올라가 너는
나무에 잎을 달고 꽃을 피우고 열매를 맺는다
때로는 땅갗을 뚫고 솟거나 산기슭을 굽돌아
샘이나 개울이 되어 사람을 모아 마을을 만들고
먼 데 사람까지를 불러 저자를 이루기도 하지만
그러다가도 심술이 나면 무리지어 몰려다니며
날카로운 이빨과 손톱으로 물고 할켜
나무들 줄줄 피 흘리고 상처나게 만들고 더러는
아예 뿌리째 뽑아 들판에 메다꽂는다
마을과 저자를 성난 발길질로 허물고
두려워 떠는 사람들을 거친 언덕에 내팽개친다
하룻밤새 마음이 가라앉아 다시 나무들 열매 맺고
사람들 새로 마을을 만들게 하는 너를 보고
사람들은 하지만 네가 자기들 편이라고 생각한다
너를 좇아 만들고 허물고 다시 만들면서
너보다도 더 사나운 발길질과 주먹질로 할퀴고 간
역사까지도 끝내는 자기들 편이라고 생각한다

파 도

어떤 것은 내 몸에 얼룩을 남기고
어떤 것은 손발에 흠집을 남긴다
가슴팍에 단단한 응어리를 남기고
등줄기에 푸른 상채기를 남긴다
어떤 것은 꿈과 그리움으로 남는다
아쉬움으로 남고 안타까움으로 남는다
고통으로 남고 미움으로 남는다
그러다 모두 하얀 파도가 되어 간다
바람에 몰려 개펄에 내팽개쳐지고
배다리에서는 육지에 매달리기도 하다가
내가 따라갈 수 없는 수평선 너머
그 먼 곳으로 아득히 먼 곳으로
모두가 하얀 파도가 되어 간다

싹

어둠을 어둠인지 모르고 살아온 사람은 모른다
아픔도 없이 겨울을 보낸 사람은 모른다
작은 빛줄기만 보여도 우리들
이렇게 재재발거리며 달려나가는 까닭을
눈이 부셔 비틀대면서도 진종일
서로 안고 간질이며 깔깔대는 까닭을

그러다가도 문득 생각나면
깊이 숨은 소중하고도 은밀한 상처를 꺼내어
가만히 햇볕에 내어 말리는 까닭을
뜨거운 눈물로 어루만지는 까닭을

기   차

꼴뚜기젓 장수도 타고 땅 장수도 탔다
곰배팔이도 대머리도 탔다
작업복도 미니스커트도 청바지도 타고
운동화도 고무신도 하이힐도 탔다
서로 먹고 사는 얘기도 하고
아들 며느리에 딸 자랑 사위 자랑도 한다
지루하면 빙 둘러앉아 고스톱을 치기도 한다
세상 돌아가는 이야기 끝에
눈에 핏발을 세우고 다투기도 하지만
그러다가 차창 밖에 천둥 번개가 치면
이마를 맞대고 함께 걱정을 한다
한 사람이 내리고 또 한 사람이 내리고……
잘 가라 인사하면서도 남은 사람들 가운데
그들 가는 곳 어덴가를 아는 사람은 없다
그냥 그렇게 차에 실려 간다
다들 같은 쪽으로 기차를 타고 간다

겨 울 숲

굴참나무 허리에 반쯤 박히기도 하고
물푸레나무를 떠받치기도 하면서
엎드려 있는 나무가 아니면
겨울숲은 얼마나 싱거울까
산짐승들이나 나무꾼들 발에 채여
이리저리 나뒹굴다가
묵밭에 가서 처박힌 돌멩이들이 아니면
또 겨울숲은 얼마나 쓸쓸할까
나뭇가지에 걸린 하얀 낮달도
낮달이 들려주는 얘기와 노래도
한없이 시시하고 맥없을 게다
골짜기 낮은 곳 구석진 곳만을 찾아
잦아들듯 흐르는 실개천이 아니면
겨울숲은 얼마나 메마를까
바위틈에 돌틈에 언덕배기에
모진 바람 온몸으로 맞받으며
눕고 일어서며 버티는 마른풀이 아니면
또 겨울숲은 얼마나 허전할까

행   인

상갓집 앞에 승용차가 멎고
잘 차린 여인이 통곡을 하며 내린다
차일 밑에서 술을 마시던 조객들이
웅성거리며 길을 내고
상주의 어깨에 매달려 여인은 슬프다
부엌에서 소복한 아낙 달려나와
형님 동생을 부르며 뒤엉켜 운 뒤
이어 여인은 상청에서 아낙은 굴뚝 뒤에서
각기 제 사내와 귓속말을 주고받고
차일 밑에서는 맹인의 유산과 일화가
터무니없이 과장된다
상가 찾는 전화가 끊임없이 울린다
또 승용차 한 대 와 서고 뒤엉켜 울고
이제 한바탕 법석이 나겠지
차일 밑은 호기심으로 한껏 부풀고
대문 앞에는 맹인이 신던 찌그러진 구두
지나는 행인만이 가볍게 말한다

삶이란 슬픈 거라고 헛된 거라고
맹인의 저승길엔 그 구두도 쓸모없느니

날 개

강에 가면 강에 산에 가면 산에
내게 붙은 것 그 성가신 것들을 팽개치고
부두에 가면 부두에 저자에 가면 저자에
내가 가진 것 그 너절한 것들을 버린다
가벼워진 몸으로 돌아오는 길에서 나는
훨훨 새처럼 하늘을 나는 꿈을 꾼다
그러나 어쩌랴 하룻밤새 팽개친 것
버린 것이 되붙으며 내 몸은 무거워지니
이래서 나는 하늘을 나는 꿈을 버리지만
누가 알았으랴 더미로 모이고 켜로 쌓여
그것들 서서히 크고 단단한 날개로 자라리라고
나는 다시 하늘을 나는 꿈을 꾼다
강에 가면 강에서 저자에 가면 저자에서
옛날에 내가 팽개친 것 버린 것
그 성가신 것 너절한 것들을 도로 주워
내 날개를 더 크고 튼튼하게 만들면서

만 남

살구꽃 지고 복사꽃 피던 날
미움과 노여움 속에서 헤어지면서
이제 우리 다시 만날 일 없으리라 다짐했었지
그러나 뜨거운 여름날 느닷없는 소낙비 피해
처마 아래로 뛰어드는 이들 모두 낯이 익다
이마에 패인 깊은 주름 손에 밴 기름때 한결같고
묻지 말자 그동안 무얼 했느냐 묻지 말자
손 놓고 비 멎은 거리로 흩어지는 우리들
후줄근히 젖은 어깨에 햇살이 눈부시리
언제고 다시 만날 걸 이제사 믿는 우리들
메마른 허리에 봄바람이 싱그러우리

土　城

잔돈푼 싸고 형제들과 의도 상하고
하찮은 일로 동무들과 밤새 시비도 하고
별것 아닌 일에 불끈 주먹도 쥐고
푸른 달빛에 잠을 이루지 못하기도 하면서
바람도 맞고 눈비에도 시달리는 사이
햇살에 바래고 이슬에 씻기는 사이
턱없이 뜬금없이 꿈에 부풀기도 하고
또 더러는 철없이 설치기도 했지만
저도 모르게 조금씩 망가지고 허물어져
이제 허망하게 작아지고 낮아진 토성

지천으로 핀 쑥부쟁이꽃도
늦서리에 허옇게 빛이 바랬다
큰 슬픔 큰 아픔 큰 몸부림이 없는데도

담장 밖

번듯한 나무 잘난 꽃들은 다들 정원에 들어가 서고
억센 풀과 자잘한 꽃마리만 깔린 담장 밖 돌밭
구멍가게에서 소주병 들고 와 앉아보니 이곳이
내가 서른에 더 몇해 빠대고 다닌 바로 그곳이다.
허망할 것 없어 서러울 것은 더욱 없어
땀에 젖은 양말 벗어 널고 윗도리 베고 누우니
보이누나 하늘에 허옇게 버려진 빛 바랜 별들이
희미하게 들판에 찍힌 우리들 어지러운 발자국 너
머.
가죽나무에 엉기는 새소리 어찌 콧노래로 받으랴
굽은 나무 시든 꽃들만 깔린 담장 밖 돌밭에서
어느새 나도 버려진 별과 꿈에 섞여 누워 있는데.

落　照

해가 진다 일그러져서 해가 진다
산과 들을 뜨겁게 달구던 날도 잊고
발길에 채이며 곤두박질치며
스스로도 부끄러워 얼굴을 숙이고
서산을 넘어 허공으로 사라진다
머지않아 깊은 어둠이 오겠지
젖은 치맛자락으로 세상을 덮겠지
그 치맛자락 속에서 독버섯이 자라
한 뼘 안 남기고 천지가 납빛이 되면
다시 들려오겠지 해를 찾는 숨죽인 신음이
크고 밝은 빛을 찾는 거센 울부짖음이
독버섯을 시들리며 해는 다시 뜨겠지만
땅과 바다를 금빛으로 물들이며
갈채와 환호 속에 찬란하게 뜨겠지만
그날을 위해 바쳐질 수천 수만의
땀과 눈물로 얼룩진 목숨들 아랑곳 않고
해가 진다 허둥대며 해가 진다

어둠 속으로

앞서거니 뒤서거니 모두들 가고 있다
꽃으로 피어 서로 시새우던 안타까움을 두고
뜨거운 햇볕에 몸을 익히던 어려움을 잊고
달빛과 이슬에 들뜨던 부끄러움도 버리고
한낱 과일로 떨어져 푸섶에서 썩기 위하여
흙 위에 또 한줌 흙으로 더해지기 위하여
섬돌에서 우는 귀뚜라미 울음도 듣지 못하는
가을 하늘을 나는 기러기떼도 보지 못하는
깊고 긴 어둠 속으로 허둥대며 가고 있다

제 2 부

홍　수

혁명은 있어야겠다
아무래도 혁명은 있어야겠다.
썩고 병든 것들을 뿌리째 뽑고
너절한 쓰레기며 누더기 따위 한파람에 몰아다가
서해바다에 갖다 처박는
보아라, 저 엄청난 힘을.
온갖 자질구레한 싸움질과 야비한 음모로 얼룩져
더러워질 대로 더러워진 벌판을
검붉은 빛깔 하나로 뒤덮는
들어보아라, 저 크고 높은 통곡을.
혁명은 있어야겠다
아무래도 혁명은 있어야겠다.
더러 곳곳하게 잘 자란 나무가 잘못 꺾이고
생글거리며 웃는 예쁜 꽃목이
어이없이 부러지는 일이 있더라도,
때로 연약한 벌레들이 휩쓸려 떠내려가며
애타게 울부짖는 안타까움이 있더라도,
그것들을 지켜보는 허망한 눈길이 있더라도.

빛

쓰러질 것은 쓰러져야 한다
무너질 것은 무너지고 뽑힐 것은 뽑혀야 한다
그리하여 빈 들판을 어둠만이 덮을 때
몇 날이고 몇 밤이고 죽음만이 머무를 때
비로소 보게 되리라 들판 끝을 붉게 물들이는 빛을
절망의 끝에서 불끈 솟는 높고 큰 힘을

먼　길

가을　숲에서

버릴 것은 버리고 줄일 것은 줄이자
아까울 것 없다 자를 것은 자르자
어둡고 먼 길을 떠나야 하니까
다가오는 어둠 끝내 밝지 않으리라
생쥐들 설치는 것쯤 거들떠도 볼 것 없다
불어닥칠 눈보라와 비바람 이겨내자면
겉에 걸친 것 붙은 것 몽땅 떨쳐버려야지
간편한 맨몸으로만 꺾이지도 지치지도 않고
먼 길 끝까지 갈 수 있지 않겠느냐
다 버리고 가지와 몸통만이 남거든
그래 나서자 젊은 나무들아
오직 맨몸으로 단단한 맨몸으로
외롭고 험한 밤길을 가기 위해서

나무를 위하여

어둠이 오는 것이 왜 두렵지 않으랴
불어닥치는 비바람이 왜 무섭지 않으랴
잎들 더러 썩고 떨어지는 어둠 속에서
가지들 휘고 꺾이는 비바람 속에서
보인다 꼭 잡은 너희들 작은 손들이
손을 타고 흐르는 숨죽인 흐느낌이
어둠과 비바람까지도 삭여서
더 단단히 뿌리와 몸통을 키운다면
너희 왜 모르랴 밝는 날 어깨와 가슴에
더 많은 꽃과 열매를 달게 되리라는 걸
산바람 바닷바람보다도 짓궂은 이웃들의
비웃음과 발길질이 더 아프고 서러워
산비알과 바위너설에서 목 움츠린 나무들아
다시 고개 들고 절로 터져나올 잎과 꽃으로
숲과 들판에 떼지어 설 나무들아

아카시아를 보며

온 나라를 망친다는 저주 속에
너희는 땅속을 숨어 다니며
바위를 바수고 무덤을 뚫는다
속임수와 으름장으로 땅 위에 자란
크고 굵은 나무 튼튼한 뿌리들을
칭칭 감아 목 조여 죽이고
독버섯 따위 자잘한 뿌리들은 아예
아삭아삭 통째로 씹어 삼킨다
주먹질 발길질 속에서도 언젠가
땅속은 마침내 너희 천지가 되고
산과 들에 휘황하게 피어나서
하늘과 땅을 어지럽히던 꽃들은
추하게 죽어 그림자로 쓰러지리라
그 속에 휩싸여 함께 쓰러질까
두려워 떠는 우리들을 비웃으며
다시 순한 나무가 되는 너희를 누가
제 몸의 가시로 남을 찌르며

34

산을 온통 파먹고 결딴내는
이 시대의 아카시아라 윽박는가

임 진 강

강물이 쇠줄에 꽁꽁 묶여 있다
아가미와 사타구니에 쇠막대를 꽂고
철철 시뻘건 피를 흘린다
등가죽의 비늘이 쇠붙이와 화약의
번들거리는 독으로 뒤범벅 되어
입과 코에서 내뿜는 독한 김이
천리 안팎 풀을 누렇게 말리고
거꾸로 제 몸에 흉한 상처를 낸다
전쟁이 나던 날처럼 비가 오면
손발 묶은 쇠줄을 끊겠다 몸부림치며
온몸에 밴 독을 토해내느라
목청껏 소리를 뽑기도 한다
그러다가 미친 듯 강 밖으로 뛰쳐나와
묶인 손으로 들판을 할퀴며 운다
똑같이 쇠줄에 꽁꽁 묶여 철철
시뻘건 피를 흘리며 이 땅에 사는
가엾은 사람들을 할퀴며 운다

진 달 래

얼마나 장한 일이냐
꽃과 잎 꺾이면 뿌리를 그만큼 깊이 박고
가지째 잘리면 아예
땅속으로 파고 들어가 흙과 돌을 비집고
더 멀리 더 깊이 뿌리 뻗는 일이
얼마나 아름다운 일이냐
피해서 꺾이지 않고
숨어서 잘리지 않으면서
바위너설에 외진 벼랑에
새빨간 꽃으로 피어나는 일이

진 드 기

지금 우리는 너무
쉽게 살아가고 있는 것은 아닌가,
너무 편하게만 살려고 드는 것은 아닌가,
우리가 먹고 자고 뒹구는 이 자리가
몸까지 뼛속까지 썩고 병들게 하는
시궁창인 걸 모르지 않으면서도,
짐짓 따스하고 편안하게 느껴지는 이 자리가
암캐의 겨드랑이나 돼지의
사타구니일지도 모른다고 생각하면서도.

음습한 그곳에 끼고 박힌 진드기처럼
털과 살갗의 따스함과 부드러움에 길들여져
우리는 그날 그날을 너무 쉽게
살아가고 있는 것은 아닌가,
시큼한 냄새와 떫은 맛에 취해
너무 편하게 살려고만 드는 것은 아닌가,
암캐나 돼지가 타 죽는 날

활활 타는 큰 불길 속에 던져져
함께 타 죽으리라고는 생각도 못하고서.

소백산의 양떼

소백산자락의 목장에서 양떼를 모는 개는
이상하게도 영어만 알아듣는다
뒤로 가 하면 우두커니 섰다가도
고백 하면 재빨리 천여 마리 양떼 뒤로 가 서고
몰아라 하면 딴전을 피우지만 캄온 소리엔 들입다
몬다
미국서 훈련받은 개들이라 날쌔고 영악하기 사람 뺨쳐
양치기들은 종일 시시덕거리고 장난질이나 치며
몇 마디 영어로 명령만 하면 된다

모르고 있었을까 정말 우리가 모르고 있었을까
영어만 알아듣는 개한테 쫓기는 것이
양떼만이 아니라는 걸
우리들 울부짖음에는 눈만 멀뚱거리다가도
캄온 하는 명령에는 기겁을 해서 양떼를 몰고
스톱 하고 호령하면 목숨을 걸고 세우는 것이
개만이 아니라는 걸

또 개를 영어로 부리며 시시덕거리기만
하면 되는 것이 양치기만이 아니라는 걸
마침내 영어만 알아듣는 개라야
두려워하게 된 것이 양떼만이 아니라는 걸

파주의 대장장이를 만나고 오며

식칼 만들어 자식들 옷가지 사고
낫 벼려 쌀 팔고 밤에는 대폿집에서
순대와 소주로 취해야 하루가 가는
파주의 대장장이한테는 입에 달린 허풍이 있다
집채만한 도가니를 만들어
나라 안의 모든 총과 대포를 잡아넣고
삼백예순닷새 펄펄 끓여
그걸로 가래를 만드는 거다
그래서 사람들은 그를 가래라고 놀려댄다지만
겨우 파주까지 올라갔다가 돌아서는
동강난 경의선 찻간에서 나도 꿈을 꾼다
차폐물로 골짜기에 숨겨진 탱크와 대포가
펄펄 끓는 도가니 속에 들어가
벌건 쇳물로 녹는 허황된 꿈을 꾼다
그 힘으로 기차가 머리를 돌려 냅다
신의주를 향해 내달리는 어리석은 꿈을 꾼다
병정들의 거친 군홧발자국 소리만큼이나

이웃들의 조롱이 두려운
경의선 썰렁한 찻간에서

문산을 다녀와서

멸악산맥은 동트기 전에 넘고
연백평야 재령평야를 아침에 지나서
대동강을 건널 때쯤은 차 안에서 도시락을 먹고
훌쩍 압록강 철교도 건너 황혼녘엔 시원하게
널따란 중국의 대평원으로 빠지던
우리 조상들이 그렇게 타고 타니던 경의선을 타고
가서
기껏 40분 만에 종착역 문산에서 내려
뜯기고 헐린 철길을 걸어
기적이 울리던 기차 굴에서
느타리버섯 철없이 재배하는 구경도 하고
임진각에 가서 멀리 개성 하늘을 바라도 보고
그러다가 문산시장에서 해장국 한 사발로 요기하고
귀에 선 외국말의 소음에 싸여
서슬 퍼런 군화와 흙 묻은 발들에 섞여
오그라들고 쭈그러진 우리 국토에 실려
겨우 한나절 만에 돌아와
관철동 바둑집에 쭈그리고 앉는 이 답답함

파고다공원에서

산비알을 토끼처럼 도망치던 산사람과
뒤쫓으며 총질을 하던 사냥꾼이
버즘나무 아래서 장기를 두고 있다
산사람이 포로 궁을 들여치고
어깨춤으로 기세를 올리면
사냥꾼이 뒷걸음질로 꼬리를 사린다
황혼녘이면 둘이
어깨 나란히 포장마차도 기웃대리라
하지만 성급하게 말하지 말자
역사란 안개처럼 모든 것을
이렇게 덮고 지나가는 것이라고
이렇게 묻고 흘러가는 것이라고
한밤중 땅속 그 깊은 곳에서
오늘도 그 큰 울음 들릴 테니

내가 사는 나라는

내가 사는 나라는 너무 넓어서
쌀수입개방 반대 전단을 뿌리는 젊은이들
그 앞에 맥도날드 가게가 줄지어 섰고
그 안의 공원은 더욱 넓어서
무료급식소에서 점심을 때운 늙은이들
소말리아의 굶어 죽는 아이들과
크로아티아의 전쟁 얘기에 침방울을 튀기면
한쌍의 젊은이 대낮의 사랑에 더욱 취하고
가난은 부끄러운 것 가난은 부도덕한 것
서로 야윈 손바닥을 뒤집어 보이면
배고픔도 헐벗음도 없어진 지 오래여서
누더기는 달콤한 현수막으로 가려지고
신음은 화려한 노래에 묻히면서
내가 사는 나라는 하늘도 가없이 넓어서
멀리서 가까이서 눈송이가 날리며
참과 거짓을 한꺼번에 덮어버리고
얼룩덜룩 서투른 분칠로 묻어버리고

落　日

새말갛게 떠오를 때는 기쁨이 되고
뜨겁게 담금질할 때는 힘이 되었지
구름에 가렸을 때는 그리움이 되고
천둥 번개에 밀릴 때는 안타까움이 되었지
비바람에 후줄근하게 젖어 처지기도 하고
어쩌다가는 흉하게 일그러지기도 했지만
드디어 새맑음도 뜨거움도 홀연히 잊고
그리움도 안타까움도 훌훌 떨쳐버리고
표표히 서산을 넘는 황홀한 아름다움

말하지 말자 거기서 새로 꿈이 싹튼다고는

초 승 달

내 얼굴에 얼룩져 있는 분노와 슬픔
깊이 패어 있는 손톱자국 채찍자국을
하얗게 지우면서 그날 아침해는 떴지만
너희 말하지 못하리라, 이것들 몽땅
나 함께 서쪽 하늘 멀리 사라졌다고는.
새빨간 노을 속을 까마귀 점점이 나는
어스름 황혼녘을 기다렸다가
내 슬그머니 서산에 와 걸리는 뜻
너희 모른다 탓하지 않겠지만 이제
보리라 내 얼굴에 다시 선연한
조각난 꿈, 깨어진 뜻, 그 핏자국을,
사람이 사는 슬프고 깊은 속까지도.
하얗게 바래가는 하늘 저쪽으로
그날은 내 얼굴마저 사위어갔지만.

剪　　定

내밀기만 하라 나오는 대로 자르리라고

고개를 내밀면 목을 치고
팔을 내밀면 손목을 자르고
발이 나오면 다리를 쳐내리라고

커다란 가위를 제꺽거리며
눈을 부릅뜨고 서 있는 게 이 세상에
정원사 어디 너뿐이겠느냐

난장이패랭이꽃

시도 때도 없이 머리를 때리고
닥치는 대로 팔다리를 꺾는 바람을 피하느라
뼛속 깊은 곳까지 후벼 파는 추위를 견디느라
이토록 작아지고 뒤틀린 우리들의 몸통을
말하지 말자 아름답다고

메마른 돌밭에 뿌리박기 위하여
천길 벼랑에나마 매달려 살기 위하여
보아라 굽었지만 더욱 억세어진 이 팔다리를
햇빛을 향하여 꼿꼿이 들려진
이 짧지만 굵은 목덜미를

말하지 말자 눈물겹다고도
아픔과 눈물을 보랏빛 꽃으로 피울 줄 아는
눈비 속에서 얻은 우리들의 슬기를
서로 받고 준 상처를
안개에 섞어 몸에 두르기도 하는

악다구니 속에서 배운 우리들의 웃음을

우리들의 울음을

　＊ 난장이패랭이꽃은 백두산에 자라는 여러해살이풀로 늦
　여름에 줄기 끝에 엷은 보랏빛 꽃을 피운다.

제 3 부

大雪前

녹슨 갈탄난로가 발갛게 달았다
바람에 미루나무 가지 부러지는 소리
아낙네들 고무장갑을 끼고 깍두기를 썬다
해전에 큰눈이 온다더라
술청엔 빈대떡을 먹는 소장수가 여럿
반나절도 안 되어 파장이 왔나봐
유리창 밖 길가에 웅크린 촌로들
재넘이 버스는 벌써부터 결행일까
하늘과 산에 뿌옇게 서린 눈발
내일이면 나무들 뿌리까지 흔들리겠지
납빛 구름 무겁게 지붕을 짓누르고
머지않아 낙락장송도 쓰러질 기야
아무 일도 없어, 아무 일도 없다며
녹슨 갈탄난로만 발갛게 달았다

風謠調 1

가난한 자만이 천국에 이르리라고
목이 긴 고향의 목사님은 달래었지
피아노를 치던 그 딸의 하얀 손가락에
우리는 얼마나 가슴이 설레었던가
일어서는 자만이 이 땅의 주인이라고
그 큰 지도자는 목청 높여 외쳤지
최루탄 매운 연기 피해 들어가면
아들의 손에 들렸던 두꺼운 양서
화려한 양란에도 우리는 주눅이 들어
일하는 자만이 복을 받으리라고
신문도 텔레비전도 입 모아 노래했지
담벼락에 붙은 달개집 월세방에 누워
야윈 손 흐린 전등불에 비춰보면
담너머로 넘실대는 새빨간 줄장미
밝은 웃음소리조차 우리를 곯려대고
고운 입김마저 우리를 곯려대고

風謠調 2

새파란 하늘
이리저리 뻗은 검은 감나무 가지
가지 끝에 까치밥으로 남은
빨갛게 익은 감이 두 개,
초가지붕은 검누렇게 썩었고
한쪽이 무너져앉은 쪽마루에서
두 자매가 밤콩을 까고 있다,
면에서 타온 구호미로 짓는
그 밥 밑에 놓을 콩을 까는
푸릇푸릇 터진 손.
버스는 서고 관광객들은
내려서 사진을 찍는다,
까치밥과 초가지붕과 소녀들이
아름답다고 감탄하면서,
이것이 사람 사는
소중한 모습이라 되뇌면서,
피아노와 그림 교습에 시달리는

내 딸에게 보여줘야지
이제는 호텔에서 먹는
뷔페와 갈비에도 질려 굶는
가엾은 우리들의 딸들에게
보여줘야지,
그래서 더욱 감격하면서.

오랑캐꽃

간밤엔 언덕 위 빈집 문 여닫는 소리 들리고
밤새도록 해수 앓는 소리 들리고
철거덕철거덕 돗자리 짜는 소리 들리더란다
십년 전 농사 버리고 떠난 영감 왔나부다
그래서 날 새면 올라가 보리라고
동갑네들 동트기만 기다렸더니
닭이 울기도 전에 부고 전화부터 왔다
다리 저는 그 영감 간밤에 세상 떴다고

못살아 고향 등지고 떠난 사람은
저승길도 곧장 가기가 서러워
아픈 다리 끌고 절고 고향집 들러 가는가
빈집에서 혼자 밤샘 얼마나 서글펐을까
들여다보는 동갑네들 짓무른 눈에
사랑방 댓돌 옆으로 빈 오줌독
엎어진 검정고무신 한 짝을 비집고
봄이라고 그래도 오랑캐꽃이 웃고 있다

廢　驛

비가 억수로 쏟아지는 초저녁
여인숙 입구에 새빨간 새알 전등
급행열차가 쉴새없이 간다
완행도 간간이 덜컹대며 지나다가
생각난 듯 기적을 울리지만
복덕방에 앉아 졸고 있는
귀먹은 퇴직 역장은 듣지 못한다
멀리서 화통방아 돌아가는 소리
장이 서던 때도 있었나 보다
거멓게 썩은 덧문이 닫힌 송방 앞
빗물 먹은 불빛에 맨드라미가 빨갛다

늙은 개가 비실대며 빗속을 간다
가는 사람도 오는 사람도 없다

별

정거장에서 한지 우체국장을 만나
차를 한잔 하며 선대 적 얘기도 듣고
꿩 사육하는 옛 친구한테 잡혀
빈대떡 해서 소주도 마시고

술도가 옆골목에서는
울먹이는 먼 촌 아주머니한테
체머리 할머니 죽었다는 소식도 듣고

그러다가 다 저녁때
동무네 주막집 헐린 담 앞에 와 서면
뒷방에선 그애 할머니 밭은기침소리
성근 수수깡 바자 너머로
하나 둘 별들 울음으로 뜨고
검은 허공에 흐린 그림으로 박히는
지나온 날들

지푸라기보다 허전해서

먼지보다 가벼워서

가 을 비

젖은 나뭇잎이 날아와 유리창에 달라붙는
간이역에는 찻시간이 돼도 손님이 없다
플라타너스로 가려진 낡은 목조 찻집
차 나르는 소녀의 머리칼에서는 풀냄새가 나겠지
오늘 집에 가면 헌 난로에 불을 당겨
먼저 따끈한 차 한잔을 마셔야지
빗물에 젖은 유행가 가락을 떠밀며
화물차 언덕을 돌아 뒤뚱거리며 들어설 제
붉고 푸른 깃발을 흔드는
늙은 역무원 굽은 등에 흩뿌리는 가을비

달, 달

마당에 자욱한 솔잎 내음
가마솥에 송편을 세 번 쪄내도록
객지 나간 딸들 왜 기별 없을까
늙은 양주 민화투도 시들해질 쯤엔
노란 국화꽃 감으며 드는
어스름 땅거미도 서럽고

문득 문밖에 인기척 있어
반색하고 문 열어 내다보니
달이 눈부시게 차려 입고
대문을 밀고 들어서고 있다
그 뒤로 또하나 달이
눈물과 한숨으로 나무에 걸린 어스름

낙동강 밤마리 나루

기름과 폐수로 거멓게 변색된 모래밭에
고기떼가 허옇게 배를 내놓고 널브러져 있다
이른 아침부터 풀들이 거무죽죽 죽어가고
빨래하는 아낙네도 고기잡는 늙은이도 없다
동력선 한 척이 유령선처럼 강 복판에 떠 있다
오광대가 덧뵈기춤으로 신명을 돋우었다는
옛 장터에는 올해도 복사꽃이 피지 않았다

등뼈 굽은 잉어를 낳는 꿈에서 놀라 깬
가겟집 맏며느리가 수돗가에서 구역질을 한다
봄날이라 강 안개는 꾸역꾸역 기어올라와
죽음의 잿빛 한 색깔로 마을에 칠한다

   * 밤마리는 경남 합천군 덕곡면 율지리의 옛 이름. 통영
   오광대의 발상지로 알려져 있다.

봄 날

아흔의 어머니와 일흔의 딸이
늙은 소나무 아래서
빈대떡을 굽고 소주를 판다
잔을 들면 소주보다 먼저
벚꽃잎이 날아와 앉고
저녁놀 비낀 냇물에서 처녀들
벌겋게 단 볼을 식히고 있다
벚꽃무더기를 비집으며
늙은 소나무 가지 사이로
하얀 달이 뜨고
아흔의 어머니와 일흔의 딸이
빈대떡을 굽고 소주를 파는
삶의 마지막 고샅
북한산 어귀
온 산에 풋내 가득한 봄날
처녀들 웃음소리 가득한 봄날

새 벽 눈

서해바다를 건너서
질퍽이는 개펄을 지나서
하늬바람은 달려와
사납게 창을 흔들고
정류장 대합실엔
불이 꺼진 연탄 난로
펄펄 뛰는 고기가 담긴
플라스틱 자배기 옆에서
젖은 발을 구르는
아낙네가 넷
새벽장 보러 가는
장꾼을 실을 시골 버스는
늙은 당나귀처럼
잠이 덜 깨어
운전사의 주름진 이마
검은 손등에 떨어지는
소금기 머금은 새벽눈

雨 中 吟

밤사이
골목길 코스모스가
한 자도 더 자랐다
쓰러질 것 같다
빗물을 뚝뚝 듣는 버드나무 가지에선
비릿한 젖은 머리칼 냄새
구멍가게에 몰려들어
빵과 우유를 찾는 계집애들의
빨간 다리가 흠뻑 젖어 있다
목들이 길다
한낮이 겨워도
아무것도 보이는 것이 없는 빗속
쉰이 훨씬 넘어도
아무것도 보이는 것이 없는
세상

우리 동네 느티나무들

산비알에 돌밭에 저절로 나서
저희들끼리 자라면서
재재발거리고 떠들어쌓고
밀고 당기고 간지럼질도 시키고
시새우고 토라지고 다투고
시든 잎 생기면 서로 떼어주고
아픈 곳은 만져도 주고
끌어안기도 하고 기대기도 하고
이렇게 저희들끼리 자라서는
늙으면 동무나무 썩은 가질랑
슬쩍 잘라주기도 하고
세월에 곪고 터진 상처는
긴 혀로 핥아주기도 하다가
열매보다 아름다운 이야기들을
머리와 어깨와 다리에
가지와 줄기에
주렁주렁 달았다가는

별 많은 밤을 골라 그것들을
하나하나 떼어 온 고을에 뿌리는
우리 동네 늙은 느티나무들

廢 村 行

떨어져나간 대문짝
안마당에 복사꽃이 빨갛다
가마솥이 그냥 걸려 있다
벌겋게 녹이 슬었다

잡초가 우거진 부엌바닥
아무렇게나 버려진 가계부엔
콩나물값과 친정 어머니한테 쓰다 만
편지

빈집 서넛 더 더듬다가
폐광 올라가는 길에서 한 늙은이 만나
동무들 소식 물으니
서울 내 사는 데서 멀지 않은
산동네 이름 두어 곳을 댄다

고향에서 하룻밤을 묵으며

옛 친구와 벌이는 술판이 늘 즐겁지만은 않다
좋은 세월 다 보내고 놓치고 늘그막에
면사무소 앞에 다방을 차리고 들어앉아
젊은 애들 잡고 우스개나 던지는 친구야
활갯짓으로 세상을 떠돌다가 돌아와 산허리에서
닭을 치는 것으로 바람을 잡은 친구야
너희 작은 행복 자잘한 꿈을 알 리 없는
내 얘기야 끝없이 겉돌기만 하겠지
서둘러 술자리를 파하고 도망치듯 빠져나와
너희 땀과 눈물이 섞인 강물을 들여다본다
세상은 강물처럼 흘러가는 것이라고
사람살이란 모이며 흩어지며 흘러가는 것이라고
부질없는 혼잣말은 해서 무엇하랴
강물에 비친 내 얼굴만 달보다 더 섧구나

화톳불, 눈발, 해장국

새벽 장바닥에 화톳불이 탄다
누더기가 타고 운동화가 탄다
구두닦이와 우유배달이 서서 불을 쬔다
매운 바람은 불꽃을 날리고
널조각이 탄다 삭정이가 탄다
가겟문 여는 소리 가래 뱉는 소리
이른 장바닥에 눈발이 날린다
부드럽고 가는 눈발이 날린다
신문배달 오토바이와 쓰레기차에 날린다
방범대원의 움츠린 어깨 위에 날린다
포장마차에 날리고 채소더미에 날린다
채소더미 뒤 대폿집에서 해장국이 끓는다
담뱃자국 곰보식탁에 미장이가 앉았다
운전수가 앉았고 청소원이 앉았다
뜨거운 국물들을 홀홀 마신다
밝아오는 장바닥에 화톳불이 탄다
화톳불 위에 눈발이 날린다

눈발 속에서 해장국이 끓는다
삐걱대는 걸상에 엉덩이를 붙이고
뜨거운 국물들을 훌훌 마신다
언청이도 마시고 곰배팔이도 마신다
낚시꾼도 마시고 장꾼도 마신다
들이치는 눈발 머리칼에 맞으며
더러는 언 어깨들을 기댄다
새봄 이른 새벽 화톳불이 탄다
지난 겨울의 쓰레기들이 타고
너절한 것들 더러운 것들이 탄다
부끄러운 것들이 탄다 잊고 싶었던 것
버리고 싶었던 것들이 탄다
화톳불 위에 눈발이 날리고
눈발 속에서 해장국이 끓는다

늙은 홰나무의 말

이제 내 늙은 그늘 아래서
고누를 두는 젊은이도 장기를 두는 늙은이도 없다
황아짐을 세우고 땀을 들이는 황아장수도 없다
그래도 나는 답답하지가 않다
집집에 붉은 등불이 켜지는 황혼을 기다렸다가
마을로 성큼성큼 걸어들어가
조금은 서럽고 조금은 구질구질한 사람 사는 꼴
창 너머로 몰래 넘겨다보는 재미가 있으니까
어쩌면 시고 어쩌면 떫은
얽히고 설킨 애기 엿듣는 기쁨이 있으니까
밤이 깊으면 아예 등 너머 장터거리까지 나아가
이 골목 저 가게 기웃거리다가

그것들을 주워다가 팔과 어깨와 허리에
주렁주렁 온통 혹으로 다는 즐거움이 있으니까

제 4 부

태풍이 지나간 저녁 들판에서

사마귀와 메뚜기가 물고 뜯고 싸우고 있다
방아깨비와 찌르레기가 여름내 가으내
내 잘났다 네 잘났다 다투고 있다
뉘 알았으랴 그때
하늘과 땅을 휩쓰는 비와 바람이 몰아쳐
사흘밤 사흘낮을 불다 가리라고
이제 들판에는 그것들
부러진 날갯죽지만이 흩어져 있다
토막난 다리와 몸통만이 남아 있다

태풍이 지나간 저녁 들판에 서보아라
누가 감히 장담하랴
사람의 일 또한 이와 같지 않으리라고

앞이 안 보여 지팡이로 더듬거리며

앞 못 보는 사람이 개울을 건너고 있다
지팡이로 판자다리를 더듬으며
빠질 듯 빠질 듯 위태롭게 개울을 건너고 있다
나는 손에 땀을 쥔다 가슴이 쥔다
꿈속에서처럼 가위 눌려 소리도 지르지 못한다

그러다 문득 나는 개울을 건너고 있는 것이
그가 아니라 나 자신이라는 것을 안다
앞이 안 보여 지팡이로 더듬거리며 빠질 듯 빠질 듯
위태롭게 개울을 건너고 있는 것이
우리들 바로 자신이라는 것을 안다
사람들이 소리도 지르지 못하고
안타깝게 발을 동동 구르고 있는 그 앞을

댐을 보며

강물이 힘차게 달려와서는
댐에 와 부딪쳐 소리를 내며 부서진다.
다시 파도를 이루어 헐떡이며 달려오지만
또 댐에 부딪쳐 맥없이 깨어진다.
깨어진 물살들은 댐 아래를 맴돌며 운다.
흐르지 못하는 답답함으로
댐을 뛰어넘지 못하는 안타까움으로
소리내어 운다.

댐을 뛰어넘지 못하는 것이 어디 강물뿐이랴,
강물을 구경하고 있는 사람들이 모두
발을 구르고 소리를 지른다.
하면서도 사람들은 왜 모르고 있는 것일까,
댐을 뛰어넘자고 깨어부수자고 달려온
그들 자신이 어느새 댐이 되어 서 있다는 것을.
파도를 이루어 뒤쫓아오는 강물을
댐이 되어 온몸으로 막고 있다는 것을.

강물이 흐르는 것을 막고 있는 것은
이제 저 자신이라는 것을.

다   리

다리가 되는 꿈을 꾸는 날이 있다
스스로 다리가 되어
많은 사람들이 내 등을 타고 어깨를 밟고
강을 건너는 꿈을 꾸는 날이 있다
꿈속에서 나는 늘 서럽다
왜 스스로는 강을 건너지 못하고
남만 건네주는 것일까
깨고 나면 나는 더 억울해지지만

이윽고 꿈에서나마 선선히
다리가 되어주지 못한 일이 서글퍼진다

밤차를 타고 가면서

밤차를 타고 가면서 보면
붉고 푸른 빛으로 얼룩진
어둠이 덮은 산동네는 아름답다
밤차를 타고 모두들
그 아름다움에 취해 간다
어둠을 한겹만 들추면 있는
고달픈 삶에 대해서는
아무도 알려 하지 않는다
괴로움 속에 뒤엉켜 있는
사람들의 깊은 말도 모두 잊었다
밤차를 타고 어둠이 덮은
아름다운 산동네에 그냥 취해 간다
거기 살던 사람까지도
거기 살고 있는 사람까지도

우리 시대의 새

훌쩍 날아올라 온 마을을 굽어본다
더 높이 날아올라
산 넘어 강 건너 이웃 마을까지 내려다본다
더 높이 오르고 더 멀리 나니
바다가 보이고 이웃 나라가 보인다
마침내 하늘 끝까지 날아오른다
내려다보니 세상은 온통
검은 땅과 푸른 물뿐
그래서 새는 쇳된 소리로 노래한다
세상은 온통 검은 땅뿐이라고
세상은 온통 푸른 물뿐이라고

제가 나서 한때 자라기도 한
더 어두운 골과 깊은 수렁
점점이 핀 고운 꽃들은 보지 못하는
높은 데로만 먼 데로만
날아오르는 우리 시대의 새여

거인의 나라

모두들 큰 소리로만 말하고
큰 소리만 듣는다
큰 것만 보고 큰 것만이 보인다
모두들 큰 것만 바라고
큰 소리만 좇는다
그리하여 큰 것들이 하늘을 가리고
큰 소리가 땅을 뒤덮었다
작은 소리는 하나도 들리지 않고
아무도 듣지를 않는
작은 것은 하나도 보이지 않고
아무도 보지를 않는
그래서 작은 것 작은 소리는
싹 쓸어 없어져버린 아아
우리들의 나라 거인의 나라

말골분교 김성구 교사

북한강가 작은 마을 말골분교 김성구 교사는
종일 남에게서 배우는 것이 업이다
오십 명이 좀 넘는 아이들한테서 배우고
밭매는 그애들 어머니들한테서 배운다
뱃사공한테 배우고 고기잡이한테 배운다
산한테 들한테 물한테 배운다
제 아내한테도 배우고 자식한테도 배운다
남들이 그를 선생이라 부르는 것은
그가 이렇게 배운 것들을
아무한테도 되돌려준다고 말하지 않는대서다
그는 늘 배우기만 한다고 말한다
아이들의 질문에서 배우고 또
아이들의 장난과 다툼에서 배운다고 말한다
하지만 사람들이 왜 모르랴
배우기만 한다는 그한테서 아이들과 어머니들이
똑같이 배우고 있다는 것을
더불어 살면서 서로 배우고 가르친다는

평범한 진실마저 모르는 잘난 사람들이
자기만이 가르치고 이끌겠다고 설쳐대어
세상이 온통 시끄러운 서울에서
백리도 안 떨어진 북한강가 작은 마을 말골에서

자리 짜는 늙은이와
술 한잔을 나누고

자리를 짜보니 알겠더란다
세상에 버릴 게 하나도 없다는 걸
미끈한 상질 부들로 앞을 대고
좀 처지는 중질로는 뒤를 받친 다음
짧고 못난 놈들로는 속을 넣으면 되더란다
잘나고 미끈한 부들만 가지고는
모양 반듯하고 쓰기 편한 자리가 안 되더란다
자리 짜는 늙은이와 술 한잔을 나누고
돌아오면서 생각하니 서러워진다
세상에는 버릴 게 하나도 없다는
기껏 듣고 나서도 그 이치를 도무지
깨닫지 못하는 내 미련함이 답답해진다
세상에 더 많은 것들을 휴지처럼 구겨서
길바닥에 팽개치고 싶은
내 옹졸함이 미워진다

날이 밝아 길 떠날 채비를 하면서

진종일 걸어 백리를 와서
모두 지쳐 여관방에 배를 깔고 누웠다
이윽고 잠이 든 것을 보니
어떤 사람은 분해서 이를 갈고
어떤 사람은 못내 즐거워 킥킥대고 웃는다
옆 사람은 훌쩍이며 울고
또 그 옆 사람은 하늘에 종주먹질을 한다
하지만 날이 밝아 길 떠날 채비를 하면서
같은 길을 가는 우리 사이에
조금씩 다른 슬픔과 기쁨이 있음을
말하는 사람은 아무도 없다

수유나무에 대하여

네가 살아온 나날을 누가
어둠뿐이었다고 말하는가.
몸통 군데군데 썩어
흉한 상처 거멓게 드러나고
팔다리 여기저기 잘리고 문드러져
온몸이 일그러지고 뒤틀렸지만
터진 네 살갗 들치고
바람과 노을을 동무해서
어깨와 등과 손끝에
자잘한 꽃들 노랗게 피어나는데.
비록 꽃향기 온 들판을 덮거나
산을 넘고 바다를 건너지는 못해도
노란 꽃잎 풀 속에 떨어지면
옛얘기보다 더 애달픈
초저녁 풀벌레의 노랫소리가 되겠지.
누가 말하는가 이 노래 듣는 이
오직 하늘과 별뿐이라고.

다시 수유나무에 대하여

전우익 선생에게

사람들이 한결같이 귀가 없어 남의 말은 듣지 못하고
오직 입만 있어 제 말만 소리 높여 외치는 세상에서
혼자서만 넓고 큰 귀를 가지고 있어 이 집 저 집
담 너머로 기웃거리며 달고 신 사랑얘기에 미소짓기
도 하고
땀에 젖은 짜증도 듣고 때에 절은 한숨도 마주하다가
문득 제 몸에 달린 새빨간 열매 한줌 훑어 던져주는
지금도 어렸을 때처럼 온몸이 노란 수유꽃과
새파란 잎새들로 덮여 있는 이 시대의 늙은 산수유
나무

1988년을 보내는
짧은 노래 세 토막

1. 카메룬의 쥐난리

피리를 불어 온 고을의 쥐를 불러내어
강물로 끌고 가 빠뜨려 죽인 그 나그네
이번엔 제 흥에 겨워 더 신명나는 가락으로
춤과 노래에 취한 온 고을의 아이들
몰아다가 강물에 처박으려 한다

막으려는 사람도 없고
그걸 이르는 사람도 없다
아이들 몸 이미 반쯤 물 속에 잠겼는데도

2. 나루터에서

이제 겨우 강 하나를 건넜는데
사공의 미련한 짓거리 엉뚱한 나래질에
사람들 일제히 욕을 퍼붓고 발길질을 한다

소갈머리없는 사공 됩다 능멸한다 화를 내고
머지않아 삿대 팽개치고 도망가겠지
지푸라기처럼 가벼운 나룻배 저어
시뻘겋게 성난 더 험한 강 건널 일이 아득하다

3. 산 장

벽난로에 장작이 활활 타는 산장에서
모두들 창 너머로 밖을 내다보고 있다
소나무들이 바위에 힘겹게 달라붙어
눈바람에 온몸으로 대들며
꺾이지 않으리라 외치는 소리를 듣고 있다
장엄하고 아름답다고 말한다 발을 구르고
손뼉을 치기도 한다 그러나
벽난로에 장작불이 발갛게 타고
눈바람이 사납게 창을 흔드는 산장에서
아무도 문 열고 밖으로 나오지 않는다
훌훌 뜨거운 녹차만을 마신다

下　山

언제부턴가 나는
산을 오르며 얻은 온갖 것들을
하나하나 버리기 시작했다
평생에 걸려 모은 모든 것들을
머리와 몸에서 훌훌 털어버리기 시작했다
쌓은 것은 헐고 판 것은 메웠다

산을 다 내려와
몸도 마음도 텅 비는 날 그날이
어쩌랴 내가
이 세상을 떠나는 날이 된들
사람살이의 겉과 속을
속속들이 알게 될 그 날이

슬픈 내면의 탐구
절제와 질박함의 미학

이　　병　　훈

1

신경림 선생을 만나면 항상 각별한 느낌이 든다. 그 이유는 나 같은 문단의 신출내기들을 격의없이 대하는 신선생의 따뜻한 마음씀씀이 때문이다. 나는 신선생이 후배들 앞에서 훈계조로 말씀하시는 것을 한번도 본 적이 없다. 선생께서는 이렇듯 자기보다 아래에 있는 사람들에게 항상 마음을 열어놓고 계신다. 선생의 그 겸손함과 소박함은 어디서 나오는 것일까. 가끔 술자리에서 뵙는 선생의 소탈한 웃음을 대하노라면 큰 시인의 깊은 시심(詩心)이 바로 저런 거구나 하는 생각이 들 때가 있다. 그것은 아마도 가난한 사람들의 설움과 자연의 순리를 벗삼으며, 참된 시인의 길을 걷고 계신 선생의 지극한 마음에서 우러나오는 것이리라. 그리고 그 겸손함과 소박함에서 나오는 자기절제와 질박함이 주는 은연한 아름다움과 힘이 바로 신경림 시인의 독특한 인생관이요 미학인 것이다.

신경림 시인은 문학적으로도 나에게는 특별한 스승이다. 고백하건대 나는 『농무(農舞)』와 『새재』를 읽고 민족문학의 참된 의미를 느끼게 되었고 문학에 대한 새로운 구상을 시작하였다. 선생의 시는 나에게 피상적인 도시적 감수성과 현실도피적인 토속적 서정성의 환부를 도려내고 민족현실의 엄연함을 인식하도록 가르쳤다. 특히 서정주 선생의 「동천(冬天)」을 읽고 고색창연한 그늘 아래 숨을 죽이고 있던 나에게 「파장(罷場)」 「눈길」 「폐광(廢鑛)」과 「목계장터」 「어허 달구」의 체험은 가히 인생 역전이었다고나 할까. 그것은 참된 문학에 대한 가르침이었고 삶의 진실에 대한 깨달음의 시작이었다.

　서정주 선생의 「동천」에는 시 공부를 하는 사람들을 유혹하는 절묘한 대목이 있다. 가령 "내 마음 속 우리 님의 고운 눈썹을/즈믄 밤의 꿈으로 맑게 씻어서/하늘에다 옮기어 심어 놨더니/동지 섣달 날으는 매서운 새가/그걸 알고 시늉하며 비끼어 가네"(전문)에서 마지막 두 행이 그것인데, 이 시에는 속인(俗人)들이 범접하기 어려운 시인의 고고한 품성과 그것을 한 마리의 새가 "시늉하며" 비껴 가게 하는 기발한 표현이 있다. 자연과 시인의 마음이 만나서 빚어낸 비경(祕境)이라고 할까. 아무튼 시의 생명이라고 할 수 있는 언어의 절제와 리듬이 하나의 완벽한 형식미를 갖추고 있고 그것은 지금도 유효하다고 생각된다.

　그런데 신경림 시인의 『농무』와 『새재』는 더 나아가 삶의 절묘한 대목까지를 깨닫게 했다. 그것은 고상한 풍경의 뒷면에서 몸부림치고 있는 민중들의 삶이었고 그들의 한숨과 눈물 같은 것이었다. 여기에 과연 문학의 아름다움과 진실이 있을까? 나는 이런 문제를 놓고 얼마나 방황하며 고민했던가. 다행스럽게도 신선생의 시는 나에게 그렇다는 확신을 심어주었다. 그 절망의 끄트머리에 서 있는 가난한 사람들의 고단한 눈물과 마른 웃음 속에 문학의 참된 길이 있다고! 나는 아직도 그때 읽었던 「파장」의 마지막 대목을 잊지 못한다.

어느새 긴 여름해도 저물어
고무신 한 켤레 또는 조기 한 마리 들고
달이 환한 마찻길을 절뚝이는 파장

이 시가 나의 영혼을 사로잡았던 이유는 "달이 환한 마찻길"이라는 뜻밖의 농촌풍경이었다. 달이 환할 수가 없는데, 가난에 찌든 사람들의 설움을 생각하면 달이 환할 수가 없는데, 어처구니없게도 그들을 맞이하고 있는 달은 휘영청 밝아 있는 것이었다. 그것은 '파장'의 마지막 풍경이기 때문에 더욱 기가 막혔고 앞서 민중들의 설움, 탄식 등과 대조되는 풍경이었기 때문에 그지없이 아름다웠다. 그것은 이미 서경(敍景)이 아니었다. 인간의 대지와 운명이 그려진 풍경화라고 할까. 신선생의 시에 두드러지게 나타나는 '서정 속의 서사', 뭐 이런 것이었다. 그리고 마지막 행의 미묘한 절제와 비유는 나를 더이상 「동천」의 세계 속에 놓아두지 않았다. 아무튼 나는 이 시와 「눈길」의 한 대목인 "아편을 사러 밤길을 걷는다/진눈깨비 치는 백리 산길/(…)/수제비국 한 사발로 배를 채울 때/아낙은 신세 타령을 늘어놓고/우리는 미친놈처럼 자꾸 웃음이 나온다"를 읽으면서 '사무치도록 아름다운' 자연과 삶의 진경(眞境)을 보았고 그것이 곧 나의 문학관을 '민중 문학'으로 전향하도록 만들었다.

2

이 시집은 선생의 여섯번째 시집이다. 선생의 파란만장한 시력(詩歷)을 생각하면 그리 많다고는 할 수 없지만 선생의 시집은 매번 우리 문학사에 뚜렷한 이정표를 세운 바 있다. 『농무』(1973)와 『새재』(1979)가 그랬고, 민요적 형식의 시 속에서 민중들의 삶과 정서를 담아내려고 했던 일련의 작업이 『달 넘세』(1985)와 『가난한 사랑노래』(1988)에 정리되었고, 장시집 『남한강』(1987)이 있다. 선생의 이러한 작업은 1990년에 간행된 다섯번째 시집 『길』에서 의미심장한 변화를 보이고 있다. 그 변화의 핵심을 한마디로 요약하기는 어렵지만 크게 보아 '세상 속으로 내던져진 시적 자아의 내면탐구'가 아닌가 싶다. 이번 시집도 이러한 변화의 연장선 위에 있다.

이 시집은 4부로 나뉘어 있다. 전체적으로는 세상의 이치에 대한 깊은 사색과 자기탐구의 시가 주를 이루지만 특히 제1부에는 자기를 돌아보는 것이 개인적인 차원의 것이 아니라 민중들의 작고 소중한 꿈과 희망을 같이 모색해보는 과정이라는 것이 드러나 있고, 제2부와 4부에는 세상을 좀더 똑바로 알아야겠다는 새로운 다짐과 숙연한 자기고백의 시가, 그리고 제3부에는 인생의 의미와 목적, 가치를 돌아보게 하는 삶의 풍속도가 그려져 있다. 마치 이 시집은 그동안 뿌려놓은 씨앗들을 잘 가꾸고 키워서 거두어들이는 순박한 농부의 인생담화와 같은 풍치를 준다.

선생이 이 시집을 통해 도달한 결론 중의 하나는 세상 살이에 대한 시적 탐구가 결국 자기자신에 대한 탐구와 동떨어질 수 없다는 것이다. 이 말은 자기자신을 겸허하게 돌아보지 않는 문학은 그것이 제아무리 거창한 얘기를 하더라도 진실을 담을 수 없다는 의미이다. 자신이 살아온 삶의 무게와 깊이로 감당하기 어려운 말과 언어를 남발하는 것이 얼마나 공허한 것인지를 생각한다면 선생의 결론은 당신이 살아온 삶의 무게와 깊이에 근거한 '문학의 근본적인 강령선언'이라고 할 수 있다. 이 선언은 90년대 민족문학의 자기갱신과 관련해서도 깊은 울림을 준다. 그것은 7,80년대의 역사적 산물이었던 민족문학의 성과를 부단한 자기성찰을 통해서 '내면화'해야 한다는 일종의 방향전환을 암시하고 있다. 선생의 이러한 생각은 「길」에 잘 나타나 있다.

　길이 사람을 밖으로 불러내어
　온갖 곳 온갖 사람살이를 구경시키는 것도
　세상 사는 슬기를 가르치기 위해서라고 말한다
　그래서 길의 뜻이 거기 있는 줄로만 알지
　길이 사람을 밖에서 안으로 끌고 들어가
　스스로를 깊이 들여다보게 한다는 것은 모른다
　길이 밖으로가 아니라 안으로 나 있다는 것을
　아는 사람에게만 길은 고분고분해서
　꽃으로 제 몸을 수놓아 향기를 더하기도 하고
　그늘을 드리워 사람들이 땀을 식히게도 한다
　그것을 알고 나서야 사람들은 비로소

자기들이 길을 만들었다고 말하지 않는다
──「길」부분

　　이 시의 의도는 밖으로 나 있는 '보이는 길'과 안으로
나 있는 '보이지 않는 길'을 대비시키면서 '내면의 길'을
찾는 것이 얼마나 중요하고 어려운 일인지를 드러내는 데
있다. 특히 1행의 "밖으로 **불러내어**"(인용자의 강조)와 5,6
행의 "밖에서 안으로 **끌고 들어가**" "스스로를 깊이 **들여
다보게 한다**"(인용자의 강조)를 대비시킴으로써 '보이는 길'
의 수월함과 '보이지 않는 길'의 힘겨움을 강조하는 것에
서 선생의 깊은 의도를 읽을 수 있다. 더군다나 '내면의
길'이 이미 안으로 나 있다는 것과 그것을 우리가 단지 알
지 못하고 있다는 주장을 보면 선생의 생각이 관념론이나
신비론과는 애초부터 무관하다는 것을 알 수 있다. 그리
고 그것의 깨달음을 "자기들이 길을 만들었다고 말하지
않는다"는 겸손하면서도 깊은 침묵으로 표현하고 있다.
실상 태풍의 눈이 고요한 정적 속에 존재하듯이.

　　선생의 '내면 찾기'는 그렇다고 거창하거나 요사스럽지
않다. 선생의 시가 그렇듯이 그것에는 버림받은 것들의
아픔과 소중한 꿈을 끌어안는 '질박함' 혹은 '질박한 설움'
의 미학이 있다. 아니 어쩌면 선생의 내면탐구는 작고 소
중한 존재들의 내면을 들여다보고 그것과 일체가 되는 것
을 꿈꾸는지도 모른다. 가령 「겨울숲」에서 보듯이 거대한
숲 안으로 나 있는 길을 따라 가다보면 부딪치게 되는
"엎드려 있는 나무" "묵밭에 가서 처박힌 돌멩이" "잦아
들듯 흐르는 실개천" "눕고 일어서며 버티는 마른풀" 들
의 형상이 그것을 증명한다. 다시 말하면 겨울숲의 내면

을 형성하고 있는 가장 소중한 것들 중의 하나가 거창하게 드러난 것으로부터 버림받은 존재들이라는 것이 선생의 생각이다. 여기에 이르러야 "그러다가도 문득 생각나면/깊이 숨은 소중하고도 은밀한 상처를 꺼내어/가만히 햇볕에 내어 말리는 까닭을/뜨거운 눈물로 어루만지는 까닭을"(「싹」) 이해할 수 있다.

「문산에 다녀와서」("귀에 선 외국말의 소음에 싸여/서슬 퍼런 군화와 흙 묻은 발들에 섞여/오그라들고 쭈그러진 우리 국토에 실려/겨우 한나절 만에 돌아와/관철동 바둑집에 쭈그리고 앉는 이 답답함")에서처럼 내면으로 들어가는 길은 또한 준엄한 자기비판과 고통스러운 고백을 수반한다. 왜냐하면 그것은 "지금 우리는 너무/쉽게 살아가고 있는 것은 아닌가, /너무 편하게만 살려고 드는 것은 아닌가, "(「진드기」) 하는 의문을 처절하게 되물어야만 가능하기 때문이다. 추측컨대 선생의 이러한 고민은 기존 사회주의국가의 부패와 붕괴를 보는 시각과 무관하지 않다. 이런 가정을 전제하고 다시 「홍수」나 「진드기」를 읽어보면 세상사의 어느 일도 만만한 것이 없으며 진정한 혁명을 위해서는 "애타게 울부짖는 안타까움"과 "그것을 지켜보는 허망한 눈길이 있더라도"(「홍수」) 감수해야 한다는 큰 깨달음과 만나게 된다.

자기 모습을 돌아보는 엄중한 행위가 「낙일(落日)」이나 「초승달」에서처럼 절제된 예술미와 서슬 퍼런 시인의 마음으로 귀착되는 것은 지극히 당연한 일이다. 절제는 내면에서 우러나오는 것이고 혹독한 내면의 탐구에 의해서 벼려지는 것이다. 그것의 시퍼런 날은 마치 살기등등하면서도 고요한 정적이 흐르는 기(氣)의 흐름과도 흡사하다.

그런 생각으로 아래의 시를 묵독해보자.

　　새말갛게 떠오를 때는 기쁨이 되고
　　뜨겁게 담금질할 때는 힘이 되었지
　　구름에 가렸을 때는 그리움이 되고
　　천둥 번개에 밀릴 때는 안타까움이 되었지
　　비바람에 후줄근하게 젖어 처지기도 하고
　　어쩌다가는 흉하게 일그러지기도 했지만
　　드디어 새맑음도 뜨거움도 홀연히 잊고
　　그리움도 안타까움도 훌훌 떨쳐버리고
　　표표히 서산을 넘는 황홀한 아름다움

　　말하지 말자 거기서 새로 꿈이 싹튼다고는
　　　　　　　　　　　　──「落日」 전문

　　이 시는 아름다움에 대한 인식이나 감각적 느낌과는 거
리가 멀다. 굳이 표현하자면 '아름다움에 대한 깨달음'이
라고나 할까. 아름다움에 대한 겸허한 마음일 뿐이다. 가
령 7,8행의 "홀연히 잊고"나 "훌훌 떨쳐버리고"의 표현은
미에 대한 깨달음이 논리적인 인식이나 감각의 차원을 넘
어서 존재한다는 것을 의미한다. 그러나 선생의 아름다움
에 대한 구상은 거기서 멈추지 않는다. 그것은 마지막 행
에서 보듯이 "황홀한 아름다움"을 초월한 자기절제와 침
묵의 경지인 것이다. "새빨간 노을 속을 까마귀 점점이
나는／어스름 황혼녘을 기다렸다가／내 슬그머니 서산에
와 걸리는"(「초승달」) 초승달의 마음이 그렇듯이.

　이 시집의 또 하나 중요한 대목은 제3부에 나오는 「오랑캐꽃」 「폐역(廢驛)」 「가을비」 「달, 달」 「봄날」 「폐촌행(廢村行)」 「화톳불, 눈발, 해장국」 등의 시편을 이해하는 일이다. 서러운 삶을 살아온 이들의 인생 풍경이 절제된 운치로 그려진 이 시편들은 선생의 초기 절창과도 흡사하다. 특히 민요조의 형식에서 벗어나 선경후정(先境後情)의 한시 형식을 빌려온 「오랑캐꽃」 「폐역」 「가을비」 「봄날」 등의 시는 '절제되어 있는 슬픔'을 노래하고 있는데, 그것은 초기시 「묘비」나 「파장」 「눈길」 「폐광」의 분위기를 연상하게 한다. 특히 「봄날」의 정취는 깊은 감동을 준다.

　　아흔의 어머니와 일흔의 딸이
　　늙은 소나무 아래서
　　빈대떡을 굽고 소주를 판다
　　잔을 들면 소주보다 먼저
　　벚꽃잎이 날아와 앉고
　　저녁놀 비낀 냇물에서 처녀들
　　벌겋게 단 볼을 식히고 있다
　　벚꽃무더기를 비집으며
　　늙은 소나무 가지 사이로
　　하얀 달이 뜨고
　　아흔의 어머니와 일흔의 딸이
　　빈대떡을 굽고 소주를 파는

삶의 마지막 고샅
북한산 어귀
온 산에 풋내 가득한 봄날
처녀들 웃음소리 가득한 봄날

—「봄날」전문

위에서 언급한 시편들은 주로 가난하고 소외된 이들의
쓸쓸한 삶을 되짚음으로 해서 우리 사회의 내면을 돌아보
고 있다. 가령 「오랑캐꽃」의 죽은 "영감"이나 「폐역」의
"퇴직 역장", 「가을비」의 "늙은 역무원" 그리고 「봄날」의
늙은 모녀의 형상이 그것이다. 이들의 슬픔은 이미 분노
나 격정을 지나온 것이다. 눈물이 마르고 고통도 희미해
져가는 "삶의 마지막 고샅" 풍경에는 '절제되어 있는 슬
픔'만이 유일한 형식으로 남는다. '내면의 슬픔'이라고 할
까. 아무튼 이러한 시편들은 그동안 선생이 의도했던 '슬
픔의 형식'을 내면화하고 있다는 점에서 새로운 의미가 있
다고 보여진다. 「봄날」에서도 보듯이 슬픔의 내면화는 드
러나지 않은 시적 화자와 과감한 생략을 통한 상황언어의
구사, 대조적인 이미지와 상징의 기법으로 이루어지고 있
다. 예컨대 위의 시에서 늙고 가난한 모녀의 구체적인 생
활과 그들의 슬픔을 직접적으로 표현하기보다는 "늙은 소
나무"와 "벗꽃무더기", 늙은 모녀와 "처녀들", 색감의 이
미지로 보자면 "벌겋게 단 볼"과 "하얀 달" 그리고 "삶의
마지막 고샅"과 "풋내 가득한 봄날" 등의 상황을 선명하
게 대조시키면서 슬픔을 표현하고 있는 것이 바로 이러한
맥락과 관련이 있다. 내면화되어 있는 슬픔의 형식은 다
른 시에서도 찾아볼 수 있다. 아래의 시들을 비교해보자.

사랑방 댓돌 옆으로 빈 오줌독
엎어진 검정고무신 한 짝을 비집고
봄이라고 그래도 오랑캐꽃이 웃고 있다
──「오랑캐꽃」 부분

떨어져나간 대문짝
안마당에 복사꽃이 빨갛다
가마솥이 그냥 걸려 있다
벌겋게 녹이 슬었다
──「廢村行」 부분

거멓게 썩은 덧문이 닫힌 송방 앞
빗물 먹은 불빛에 맨드라미가 빨갛다
──「廢驛」 부분

위의 시에서 "빈 오줌독"과 "엎어진 검정고무신"을 "오
랑캐꽃"과 대비시키거나 "떨어져나간 대문짝"과 "가마솥"
을 "복사꽃"과 그리고 "거멓게 썩은 덧문"을 "맨드라미"
와 관련짓는 것도 죽음과 생명의 상징을 비교하면서 서러
운 삶의 슬픔을 노래한 대표적인 예이다. 이런 점에서 보
면 "붉고 푸른 깃발을 흔드는／늙은 역무원 굽은 등에 흩
뿌리는 가을비"(「가을비」)도 같은 어법으로 이해될 수 있
다.

그러나 절제된 슬픔을 노래하고 있는 선생의 시가 『농
무』의 시편들과 비교하여 치열함이 덜하다는 인상을 지울
수는 없다. 선생의 나이 탓인가. 선생도 어느덧 육순을

코앞에 두고 계시니 세월은 시인의 마음도 가져가는가 보다. 하지만 선생께 항상 열혈청년의 격정만을 기대할 수는 없는 것이 아닌가. 다만 "굽은 나무 시든 꽃들만 깔린 담장 밖 돌밭에서／어느새 나도 버려진 별과 꿈에 섞여 누워"(「담장 밖」) 계시는 모습이 나의 눈을 아프게 한다. 왜냐하면 선생은 나의 마음속에 항상 젊은 시혼(詩魂)으로 남아 있어야 하기 때문이다.

시집 뒤에

　너무나 많은 것이 너무도 빨리 뒤바뀌고 쓰러진다. 그
것들 가운데는 쓰러지고 뒤바뀌어 마땅한 것도 적지 않지
만, 값지고 소중한 것이 더 많다는 것을 내가 왜 모르랴.
그렇더라도 거기 매달려 뒤바뀌고 쓰러지는 사실 자체를
인정하려 들지 않을 만큼 나는 미련하지는 않다. 공연히
거센 체하는 허풍스러운 몸짓과 꾸민 목소리는 이제 정말
역겹다. 이럴 때일수록 사실을 사실대로 보고 올바른 목
소리를 가지는 일이 중요하리라. 하지만 나는 아무래도
쓰러지고 깨지는 것들 속에 서 있을 수밖에 없을 것 같
다. 어차피 시는 괴롭고 슬픈 자들, 쓰러지고 짓밟히는
것들의 동무일진대 이것이 크게 억울할 것은 없다. 최근
나는 시는 궁극적으로 자기탐구요 시의 가장 중요한 주제
는 자신일 수밖에 없다는 생각도 많이 하지만, 쓰러지는
자들, 짓밟히는 것들의 상처와 아픔을 어루만지고 흩어지
는 것들, 깨어지는 것들을 다독거리는 일, 이 또한 내 시
의 숙명인지도 모르겠다. 시를 가지고 할 일이 더 많아졌
다는 생각이다.

1993년　10월

신　　경　　림

창비시선 115

쓰러진 자의 꿈

초판 1쇄 발행 / 1993년 10월 30일
초판 20쇄 발행 / 2024년 6월 26일

지은이 / 신경림
펴낸이 / 염종선
펴낸곳 / (주)창비
등록 / 1986년 8월 5일 제85호
주소 / 10881 경기도 파주시 회동길 184
전화 / 031-955-3333
팩시밀리 / 영업 031-955-3399 편집 031-955-3400
홈페이지 / www.changbi.com
전자우편 / lit@changbi.com